卧云先生浮生古词记

宋远升 著

上海三联书店

目　录

浣溪沙 · 广陌遥遥草舍烟

广陌遥遥草舍烟。
暖风轻动意阑珊。
识得旧燕换流年。

藤院渐深天至暗。
冷笛吹醒五更寒。
客愁难解竟无眠。

长相思·山难行

山难行。

水难行。

寒路风浓思返程。

魂迷梦不宁。

恨亦情。

爱亦情。

更静乌鸣响晚亭。

关山遥数层。

御街行·京华秋夜思祖父

三更辗转忽惊梦。

星如豆，呼无应。

寒声吹破乱心魔，明月遥接孤影。

青墙泥瓦，雁鸣悲曲，缘尽神难定。

伤深尽处风侵病。

雁去也，空临镜。

人生今古恨别离，残笔难描秋冷。

幽明异路，孤舟何系，肠断谁能省。

定风波·半山听雨

山雨忽至路苦行。

疑觉旧园响歌声。

笑语盈盈何处见，独叹，唯余桃蕊怨东风。

少小离家炉灶冷。

余醒。

悄然无语怅前情。

碧野难寻当年事，休去，听凭红鸟过白亭。

钗头凤·游沈园

雁南去。
秋伤地。
薄酒难浇书怕寄。
影形单。
晓烟残。
世风难度，雨打孤帆。
缘，缘，缘。

生乏趣。
难为忆。

有情曾被绝情娱。

酒欢阑。

旧阁闲。

弱荷无奈，雁叫荒田。

寒，寒，寒。

浪淘沙·疏树间荒亭

疏树间荒亭。
山径难行。
花飞叶落每年同。
往日高台飨客处。
人散歌终。

烟渺雾重重。
半减音容。
长伤生涯尽营营。

8

笑语春风惆怅里。
此去流萍。

雀踏枝·雪落旧宅山四面

雪落旧宅山四面。
风折枯枝，疑是离人叹。
好梦易失难再返。
炊烟林外天将暗。

箫冷吹得行者乱。
苒苒冬寒，暮径独行远。
欢曲渐消斜照晚。
苍茫一片无从见。

清平乐·贺岁

白驹似电。

风舞山阴面。

雪满草枯人难见。

寒岁犹知炉暖。

梅绽小院翩翩。

遥寄春水无边。

半世沧桑走过。

芳华不忘初缘。

鹧鸪天·北地风起蜀微寒

北地风起蜀微寒。

轻身竹杖赤城山。

黄庭书内三清道，烟雨竹中两面天。

人间事，且为闲。

乾坤最妙是清欢。

功名都在云烟里，尘务如麻勿有关。

人月圆·逝川枯木萧萧下

逝川枯木萧萧下。

荒漠频奔马。

界河无定，秋虫哽咽，边角嘶哑。

倦心何去，横桥傍水，青院白瓦。

倚门花落任笛响，怨欢由风雅。

采桑子·奈何秋去魂飞也

奈何秋去魂飞也，风也萧萧。
路也迢迢。
望断千山听洞萧。

万林飘叶岩岩瘦，心事难消。
只道逍遥。
梦里乡魂听舞茅。

浣溪沙·秋至风鸣心正黯

秋至风鸣心正黯，虑思无尽两茫茫。
为谁独立叹夕阳。

雨冷淋单寥落客，晓君何事自彷徨。
最无人处话苍凉。

鹧鸪天·日暮斜照小泥窗

日暮斜照小泥窗。

青墙白瓦远他乡。

乱红点点山间道，散绿星星竹叶庄。

云水近，柳成行。

荆溪伴我上峦冈。

消得浮世一生苦，莫负山中石涧长。

小重山 · 燕子离时太遽匆

燕子离时太遽匆。

问天天不语、向谁行。

回眸万壑锦千重。

风正紧、吹下满川星。

花谢梦将穷。

欲歌忽猛醒、与谁听。

远山含黛旧音容。

箫声咽、有意最伤情。

浣溪沙·暮近灵岩怅怅行

暮近灵岩怅怅行。
梵钟寥落似孤僧。
缘何山径半阴晴。

无可奈何流浪客。
冷阑拍断晚难逢。
两杯浊酒雨飘风。

苏幕遮·漫西风

漫西风，远夏苦。
游遇残荷，都做烟尘舞。
一世功名皆化土。
雨骤风急，花谢人无语。

此生老，能去否。
身在江南，心系凌波路。
犹记岩青山翠处。
缘浅情深，独立残阳暮。

暗香 · 故园风起

故园风起。

想少时吹我，芳菲连路。

醉酒高歌，春过山崦遮天碧。

无奈光阴易老，清秋冷、诗书失语。

唯长叹、淹滞俗情，任老悴如此。

往事。

叶满地。

暗念雀声惊，夜雨仍继。

废红断绿。

幽梦相逢却难续。

曾忆青墙叶碧，黄花浓、修身如玉。

怎奈何、东逝水，旧缘已去。

临江仙·立秋

旧日闲听杂曲，不知万事空空。
寒蝉托与绿云听。
衷肠巢明月，为赋叹愁浓。

今此梦深成雨，风吹鸣叶秋亭。
欲留明日看新晴。
霜灭浑处处，却冷老衰容。

浪淘沙·昏镜照关山

昏镜照关山。

雾锁高天。

桃林尽处满云烟。

曾似跨风追月手，拍断阑干。

边色黯人欢。

几度秋寒。

更多往事不能观。

旧梦虽雄三万里，却醉樽前。

踏莎行·中秋

浩月当空，烟氲玉兔。
销魂风动梧桐树。
玉壶酒满隐仙人，换得清水洒朱户。

向晚庭深，鱼龙飞舞。
凭阑目断天涯路。
子规声里叹山高，秋寒魂梦飞无数。

青玉案·卧云不解春将暮

卧云不解春将暮。

念旧院、饶飞絮。

曾忆渊河临小渡。

乱花随水，风惊鸥鹭。

难伴春常住。

多情只被无情误。

世事淹留梦空处。

倦客望穿天尽路。

山含晨径，雾横竹户。

酒醒孤烟树。

定风波·无计独行柳阵青

无计独行柳阵青。

日斜风动水声惊。

我是卧云独向晚，唯叹，天连衰草郁难平。

离树空村声未应，

无定。

几番萧瑟几番晴。

人力渐衰如病酒，难就，渺茫江海任平生。

临江仙·老翅南飞还返

老翅南飞还返，草衰迷露秋声。
村南前事似曾听。
青苔深几许，无语立西风。

长恨关山寥落，独留异地营营。
半生萧索梦难成。
树含一盏月，鸥鸟两三鸣。

踏莎行·烟渚凄凄

烟渚凄凄，雨霖连线。

暮歌声里书阁暗。

伊人万里盼难得，多情反被无情乱。

玉碎魂销，阑干拍遍。

难全心事缘一半。

千山不解断离痴，日昏车毁羁愁见。

浣溪沙·春半村悬花满树

春半村悬花满树，野篱一道垄行云。
静思神理自销魂。

寂坐家山非异客，暮阳无语照何人。
不如返璞入深林。

江城子·戊戌年春节登西山悼旧友

西山茅舞意沧桑，

过残阳，照浓霜。

衰草孤茔，烟散渺神伤。

休对新人说旧事，昏雪暗，欲折肠。

曾愁杨柳弄春光，

矮林穷，小山冈。

短景难留，只有暮枝凉。

陌上东风应不度，梦里见，月微茫。

八声甘州·立丛柏庵外览清秋

看几番断雁过清秋。

霜紧近禅楼。

不觉烟渺去，容颜衰减，万念皆休。

渐冷幽幽村晚，爱恨更难收。

怕夜行无侣，品子山忧。

暗想柳轻花重，正春波绿遍，却做强愁。

忘身临梵宇，风物致情纠。

忆昔人、脸莲眉黛，眼昏朦、恍见旧妆留。

谁怜我、步行清色，月落荒丘。

风流子 · 乙未年清秋过兰费界山岗

清秋过界岗，惊前事、处处话凄惶。
断云去复来，冷林烟敛，晚丘萧瑟，一片苍黄。
宦游远、算星霜几度，难解日光长。
情不敢深，曲终还醒，道何能破，天意无常。

冷秋伤飞燕，深宅引浩叹，暮霭微茫。
争奈草遮残照，孤垒荒凉。
渐衰人少泪，前欢后苦，子山念虑，予看犹伤。
魂梦遮行伊处，独立枯杨。

蝶恋花·连雨初歇晴不定

连雨初歇晴不定。
燕子翻飞，树漾红蕖动。
换取翩跹吹落影，
桃花翻过梨花景。

淡抹红妆人未醒。
恋恋无绝，只身谁相应。
稍纵即失痴勿懂，
啼魂暮色潇潇冷。

迷神引·欲上琅山残阳暮

欲上琅山残阳暮。

雨渐云低交暑。

临村语少，鹭鸥争渡。

水苍苍，重城隐，渺烟树。

江鸟翻飞小，星光路。

近夜心犹怯，火昏处。

客老羁途，忍却斜风误。

暗淡天光，闲情阻。

鬓星星也，返程远、难回顾。
罔消愁，桃花尽，东风舞。
轻舟何时动，越吴楚。

千秋岁引·己亥年清明
陌上祭祖父母

陌上风寒，清明弄苦。

树掩哀筝纸烟舞。

伤浓早春立短岗，情深晚景凉平楚。

黯绝别，恍然醒，已销骨。

离后久知君永渡。

无奈冷立烟水暮。

路远山高望穿处。

当初我来祖挽手，而今祖去孙抚土。

草还青，物依旧，还归否？

摸鱼儿·似相识不知归路

似相识、不知归路，山僧积雪离否？
荒村烟浅人声少，点点寒鸦栖处。
悲逆旅。
君可见、一生风雨愁多许。
恨离人语。
渺叠嶂层峦，千山望断，寂寞应无数。

前尘远，曾忆春迷絮舞。
陂塘绿满平楚。
落英辞树卿辞我，冬岸冷落野渡。

不忍顾。

情已逝、往昔可忆弗能去。

阴差阳误。

看老舍三家，二家无奈，一舍任日暮。

石州慢·己亥年仲夏
闻鲁地无雨忆少时大旱

溽夏时长，蝉喘地干，人困天阔。
旱魃如焚灼灼，风弱难以屠热。燃新火。
葵花倾日，篱落几处薄荫，午间长巷无人过。
禾黍落枯枝，满庭积黄叶。

失落。
水天向晚，沽酒高歌，红烛宴客。
纸醉金迷，碧树花荫非我。
玄黄扬土，石岸微绿参差，看天无语忧千结。
百谷病恹恹，至今犹心绝。

菩萨蛮·秋高深树禾塞路

秋高深树禾塞路，
欲奔轻马无行处。
芜绿绕石屋，
土花连地铺。

农忙烟火住，
人少柴门暮。
地野谷菽熟，
不用慕沪苏。

望海潮·丁酉年过成都怀古

剑南拔萃，西川翘楚，锦官城里清秋。
旷垒断云，青城草树，几多锦绣名游。
白水绕城流。
野径玉人顾，香暗独留。
巷陌熙熙，丝竹声里上层楼。

犹思万里桥头。
有离舟远客，何处消愁。
白帝旧城，先皇老庙，空留千载悠悠。
非叹不封侯。

唯登高怀古，极目清忧。

世路干戈无尽，日暮羡栖鸥。

汉宫春·潭柘遥遥

潭柘遥遥，冷雨离京洛，正是清秋。
前番刘郎遇阻，今度心酬。
花飞僧少，纵日晚、无处相留。
霜染尽、塔前岭后，寂寥风满禅楼。

回首前尘如梦，半生如寄客，数度离愁。
旧时同者渺渺，今与谁游。
繁华吹尽，看几株、绿树难求。
回望眼、残烧暮落，空山几点荒丘。

望海潮·蓬莱方丈

蓬莱方丈，神明修府，登临雨骤风稠。

烟雾锁关，岛兼弱水，遥遥浑似天楼。

怒海卷堤头。

恰岛石碎絮，潮涌交流。

浪越独山，孤村人少渺飞鸥。

群仙忘返东游。

看茫茫水线，顿酿轻愁。

寻道不成，学佛不就，十年爱恨难收。

恍若世间囚。

何日骑鲸遁，一醉方休。

夜夜心思目盼，挥袂驾云舟。

南浦·忆少时家贫石屋内夜听秋雨

云暗雁鸣低，忆旧时，石屋晚逢秋雨。
萧索疏影飘，声沥沥、屋漏竟无干处。
荒村蔽院，柴门零落依稀语。
竹榻留灯相对卧，年少不知忧苦。

而今尝遍蹉跎，叹浮生、长恨人不如树。
槐雨洒成秋，江湖恶、风叶落满归路。
山围旧户。
远客愁困渔愁渡。
悔到红尘心渐老，白发渐觉天暮。

江城子·陌间细雨化春寒

陌间细雨化轻寒，

对新年，

忆昔年。

青黛几行，天阔絮云闲。

纵使春来人不晓，新燕至，老檐前。

芳菲杨柳暗堆烟，

乱容颜，

意阑珊。

回梦无痕，旧院恰依然。

奔骑薄衣疾似马，风正满，酒微酣。

西江月 · 桥远少闻人语

桥远少闻人语，巷弯多见鸡鸣。
茅檐渐老绕萝藤，
水满山云与共。

游宦才知世路，屏居方晓俗情。
十年风雨事难成，
不若卧石大梦。

桂枝香·游太乙空山人不遇

无人行处。

草色照衣青，万树幽馥。

重壑湿云染透，雾失远渡。

目极魂断弗能见，逆烟迷、端倪无路。

夏山空暗，傲歌千嶂，孤音相续。

叹星霜、迁移屡屡。

任稠雨急风，惆怅如故。

半世蹉跎，尘界几番难遇。

《离骚》自是疏狂句，唱樵隔溪唤同住。
灵槎谁泛，白头吹老，到期别误。

贺新郎·傍水花千串

傍水花千串。

近玉环、桃梨欲雪，许家东岸。

烟雨一汀任惆怅，恐是芳菲绕遍。

草漫漫、前尘不断。

犹记闲敲青杏落，笑斜阳、路隐难觉远。

如意事，山崦染。

高唐梦醒人弗见。

但伤春客里，流落鬓白归晚。

游宦功名相对厌，所事十年尽浅。

问牧子、莺声涧满。

春览辋川图，夏聚渊河，恋恋兰陵盏。

听醉去，浮生短。

虞美人·山崦笼翠烟村渺

山崦笼翠烟村渺，
归路知多少。
天涯客里坐黄昏，
无人暂寄半枝春，
缀乡音。

何情半世淹留苦，
更怕廉纤雨。
旧居夜深鹧鸪惊，

十年往事不堪听，
梦三更。

卜算子·杏花春雨

杏花疏影天，客子乡关梦。
十载相思十年痛，
烟雨柴扉冷。

乱山水转回，风过庭槐影。
笛短横吹人不定，
旧月栖西岭。

洞仙歌 · 陂塘清浅

陂塘清浅，

绕屋花迷眼。

砍木丁丁唱樵远。

近岸衣照绿、荒渡无人，斜径畔。

渔火隔村点点。

鬖星归去晚，

夜雨江湖，犹记春风李桃盏。

似梦亦似电、落月浮光，皆似幻，

万水千山踏遍。

最好是、前峰买一椽，醉歌乱云边，莫留执念。

西江月·茅舍半庭树影

茅舍半庭树影，断墙几挂藤萝，
野竹满路沔烟波。
山曲遮云独卧。

心寂听风西壑，酒酣酌月南坡，
发披持杖自狂歌。
随便别人嘲我。

高阳台 · 西山听雨

茅舍荒村，潇潇细雨，满山杂木阴阴。
碧草愁烟，空阶总被苔侵。
斜风槐叶余深院，几回共、卧掩清樽。
且轻歌，一笑一颦，总是关心。

风尘世故繁花尽，看浮生如梦，暗悴秋魂。
游宦江南，难逃老坐黄昏。
半生为客年华去，此身衰、付与孤琴。
再登临，怀古伤高，梁甫独吟。

扬州慢·野水蒹葭

野水蒹葭，萋萋长草，无边楝树阴阴。
滞行云、暗旧院，山断暝村。
看一叶、孤帆过客，蒲烟萧索，催动愁吟。
洒江天、夜雨羁程，零落如今。

江湖险恶，二十年、步步惊心。
世情细如纱，朱颜易老，烈士悲春。
再数畴昔前事，嗟游宦、真意难寻。
欲整船归去，好逢暖火黄昏。

关河令·梅天涨水江湖满

梅天涨水江湖满。
少时千山短。
今此归思，何人迷泪眼。

幅巾杖屦路远，
怯东风、云舟不返。
两处难兼，唯言乡醉浅。

唐多令·长草老山头

长草老山头。

云中烟树鸥。

恐登高、尝尽离愁。

欲渡梦魂连夜去，载不动、醒失舟。

独立冷汀州。

乱林闻水流。

叹经年、何事淹留。

人少不知僧寺雨，鬓星也、一阶秋。

千秋岁·东村寂寞

东村寂寞，
梅雨飘窗过。
门前草绿芳菲落。
高林风细细，吹响山间月。
紫柳渡，溪长少岸苍苔弱。

忙里慵升火，
闲处云间卧。
喟叹事，他乡错。

世情薄似纸，知己难寻我。

且去也，人间自此头如雪。

疏影·山暝日晚

山暝日晚，照凝霜暮色，天寒侵骨。
似水秋光，风透疏枝，似曾阶下独舞。
十年心事愁登顶，暗忆在、悄无人处。
纵点燃、灯火银河，新燕难识前户。

犹记流年旧事，碧树发几里，绿染节物。
径窄难行，心冷难描，酒醒神伤几度。
月明无赖催幽恨，乱涧阻、今同谁渡。
待何时、春水微痕，共踏杏花一路。

小重山·中元夜

月夜痕深飞鸟惊。

中元烛火暗、渺疏钟。

十年流落脚匆匆。

不平事、笛冷少人听。

独醒已三更。

枯枝寒落地、响清声。

秋沟莲纸水冥冥。

霜天老、旧忆已成空。

蝶恋花·暑气渐消凉小渡

暑气渐消凉小渡。

凝碧西山，晚至难觉暮。

今此风光浑处处。

渔人清曲芦花宿。

无事离城呼短聚。

醉卧清尊，兴尽乘舟去。

流景不为谁暂住。

后生难晓予行路。

一丛花 · 暑消秋至叶翩跹

暑消秋至叶翩跹。

碧树罩轻烟。

东山月夜清如水，漫人语、屋后村前。

蛙声虫鸣，南风入牖，微雨洒星天。

总凭旧梦度流年。

醉醒意阑珊。

灵丹不予流光驻，错黄庭、难见神仙。

名亦非名，道皆非道，无我是心安。

夜游宫·屡忆山中碧翠

屡忆山中碧翠。

溪雨响、暗生芦苇。

掩半门扉早入睡，

闲事少，笑城人，犹不寐。

今古闲谈累，

唱几番，舞扇临水。

晨起无聊敲蝉蜕，

世路远，且卧云，拼一醉。

念奴娇·中秋

轻移疏影，暗销魂、自是中庭如洗。
夜寂山高遥动水，秋露清光铺地。
碧树无声，晚舟近岸，落叶惊前事。
流痕脉脉，客子梦魂，难掩心迹。

何故落魄如今，蓦然回首，人去三千里。
高此明月，正照我、把酒凄然独立。
旧景难追，英雄趋老，冷落烟笼寺。
姮娥虚位，唤天风浩然起。

清平乐·家村日晚

家村日晚，
风细炊烟缓。
桑树低于梧桐院，
山外繁星点点。

云破新月三竿，
野老稚子闲谈。
今古尽出我口，
暑热不愿归眠。

小重山·归去家山草木稀

归去家山草木稀。

桃符风过冷、正除夕。

父母怜爱子依依。

重城远、劳作久别离。

节后返程急。

赧郎奔旧事、暗凄凄。

门前车至苦牵衣。

累果腹、零落小儿戚。

渔家傲·桃花春深湖里好

桃花春深湖里好，
渔夫轻笠任斜棹，
烟雨一襄天杳杳。
津渡缈，
兴尽渔多同渔少。

世路如斯心已了，
高台宴客博一笑，
星鬓莫谈归去早。

人易老，

柯棋梦醒邯郸道。

渔家傲·微山记游

荷叶声轻凝碧露，
暗抹熔金，岛隐青烟处。
短棹轻舟近柳浦，
惊飞鹭，
渔翁日暮不回渡。

向晚寻根微子墓，
弦月和灯，树密圣魂住。
夜老难见归去路，

闲摇橹，
桨声五里前村宿。

采莲令·太湖雨潇潇

雨潇潇，车毁逢天暮。

一心者、不为他物。

太湖秋晚湛明台，漠漠烟深处。

三千里、银熔弱水，风波浩渺，梦魂遥望仙府。

心慕飞鸥，早伴霞云夕沙浦。

一船月，送君归渡。

少伯风骨，俱往也，大隐皆同路。

晚渔子、独槎寄命，蓬莱非远，浩荡泛舟云路。

渔歌子 · 渔翁

绿蓑衣，青布袍，
雨斜草树横船缈。
舟似芥，寄平生，委命浮沉一棹。

水动天，云杳杳，
鬓苍浅唱渔家傲。
殊不知，世间人，自古王侯留笑。

小重山·秋到荒村茅舍空

秋到荒村茅舍空。
桂花风落院、冷梧桐。
瓠藤绕架矮墙东。
非忙月、巷陌少人逢。

壮男远城工。
媪翁携稚子、力难成。
干戈辛苦共一生。
星霜老、肠断有谁听。

水调歌头·二泉映月

日晚唱秋曲，孤响惠山泉。
道人今宿何在，临水意凄然。
起始叮咛细语，再落声如骤雨，承转舞双弦。
千古丹徒子，萧索立寒潭。

愁目断，黯魂远，叹悲欢。
夜央郁郁难返，浊泪满缁衫。
憔悴琴魂沦落，槃鼓疏钟无语，流景逝青山。
冷月能知我，今夜照无眠。

天仙子·萤火河西追几度

萤火河西追几度，
潲热阖村移避暑。
平桥随卧面星河，
清波语，
慵归户，
得因家贫滴夜露。

老者碧槐闲讲古，
男女倦眠塞闭路。
梦回疑见水接天，

桥犹渡，

田犹绿，

欲访流年何处去。

木兰花·夏阴转午天刚半

夏阴转午天刚半。

夹岸柳枝连水畔。

牧童斜倚响竹笛，点点槐花敲菡萏。

荆扉虚掩南村店。

路尽酒闲昏又倦。

推门无应短篱横，满眼石榴明欲绽。

渔家傲·狭路驱车几度弯

狭路驱车几度弯，
村悬水畔再接山，
桐影转东时过半。
斜日晚，
老翁围聚拈棋缓。

古树黄瓜绕碧田，
此村十里自生烟，
忙罢休闲人欲倦。

西溪浅,

醒来归去星天远。

浣溪沙·己亥年早起浦东会见在押南冠

夜半驱车会在押。
狸牢幽闭待犯法。
离监五里两三家。

日早露清槐欲坠。
野村人晚再乘槎。
低眼不语笑拈花。

鹊桥仙·家山暴雨

颓山云聚，乱雷电掣，西涧林鸦惊起。
东河漫漫水连天，烟光暗、雨高百尺。

浪浑翻木，岸漂旧履，呼尽半川浊气。
轻帆长挂太白舟，风欲舞、人胡不喜？

少年游·丙戌年别病中旧友

少年意气泛飞舟，
日暮不言愁。
白日纵歌，夜中论剑，浓醉笑王侯。

而今君疾闲卧久，
病老最难留。
雁鸣离曲，负疴送客，欲语又休休。

破阵子·忆风雪天关东务工

白日朔风百尺，夜深雪满郊城。
冬暮柴门积玉垒，村外还余冰万重。
树摇眠犬惊。

我去家山千里，夙兴夜寐营营。
采炭所得无几物，唯守孤居似野僧。
至今梦不宁。

竹马子·岁尽雪晚

出西岭孤村，迎风怅怅，卅年如故。
恰积雪岁尽，奔年客子，神伤无语。
不见对酒当歌，春光胜水，雁回沙渚。
唯远树如镞，冻云垂，难晓暝程虚路。

对旧时流景，生情睹物，故人何处。
长沟弃绝荒橹，
冷落畴昔忙渡。
野径暮色添愁，老宅萧索，檐破残茅舞。
炊烟梦断，忍看识一缕？

六幺令·上游流水

上游流水，下面响三里。
村前桃柳随处，村后遮天碧。
槐影风摇菡萏，隔岸观沙栗。
柴门虚闭。
溪光心性，草色青青隐山语。

旧舍添巢新燕，难唱当时曲。
世态翻看流年，尽做魂伤地。
祖母犹生历历，转眼无寻迹。

浮生一记。

人非物在，几度神飞雨烟寺。

忆少年·石白溪浅

石白溪浅，疎篱向水，青山一抹。
樵声应人语，杖藜扶予过。

渐老才觉长异客，
旧时歌、隐然丘壑。
来时野村草，去时西天月。

采桑子·坐待开庭

奈何炎去秋迟也。
行者流膏，
坐者浇浇，
静待听堂钟鼓敲。

会当一日西风至，
心事全消，
唯念逍遥，
卧榻三杆凭日高。

临江仙·枣园纪事

卧云昔往今复至，
江湖几度萍踪。
枣颊秋色染重重。
暮烟远水，幽径少人行。

每叹旧曲吹予老，
赢得半世愁生。
休说漏夜鹧鸪鸣，
鸟犹如此，何物不关情。

永遇乐·过郜国故地

三里烟笼，沿山暮色，秋光接晚。
暝树斜阳，鸡栖桑柘，村路沿溪短。
郜国旧迹，寻常阡陌，极目苍茫难见。
休说矣、繁华相续，王谢深巷新燕。

流年过客，浮云游子，渐老渐觉天暗。
羁者黄昏，归期何处，空对高飞雁。
数朝兴废，金戈铁马，不过渔樵闲叹。
两相较、皆为逆旅，且行且远。

一剪梅·别久重归过板桥

别久重归过板桥。

茅庐几家，檐外青蒿。

兴来独自饮秋光，心事浮云，林水逍遥。

墟里无由听枣敲。

篱落丝瓜，暮染墙梢。

世情春梦转身空，且看黄庭，万念皆消。

离亭宴·庙会

野田初绿染，

风料峭、家山渐暖。

农事闲暇春意展，

次第响、牧童笛短。

古柳雀鸣身隐，云阔乍听归雁。

三月流光过半，

庙会至、人如水满。

年少缺钱犹点捡，

心不归、斜阳落晚。

老去莫辞杯酒，醉梦年华重返。

少年游·九月开学日过破败旧学堂

旧时篱落近低墙，
藤树密、锁空窗。
梦回流景，同学依旧，抚手墨书香。

终归逝水难停驻，思前事、意徜徉。
影动悬钟，叶鸣沙径，都不似平常。

风入松·忆旧时暮登蒙山

欲登蒙顶渐夕阳。

三两柳梢墙。

野林漠漠寒山晚，落景幽、一望昏黄。

溪水响石生寂，暮鸦飞过空茫。

同游低语月微凉。

归去几星芒。

风声薄雨穿林际，缈高台、笛远悠飔。

难复当年心事，再来无限沧桑。

卜算子·雨后沂南荒山古庙

云间风雨消，半掩崎岖路。
古寺无僧翠黛幽，绿冷浮屠暮。

数里炊烟处，
桥断人难渡。
山外浮生梦几重，高不过、斜阳树。

江城子·半边薄暝半斜阳

半边薄暝半斜阳,

浴云光,

过高冈。

送目烟村,疑似坠清霜。

落木萧萧惊暮鸟,清露冷,水昏黄。

半程风雨半程伤,

屡思量,

路苍茫。

长恨流年，何事不彷徨。

薄酒一杯家万里，功名尽，醉回乡。

满庭芳·秋山

黄叶惊秋，隐林村晚，草宅三两柴烟。
漫天暝色，山暗动轻寒。
长草空园半掩，野桥外、几棹归帆。
樵声响，昏暝岭上，暮霭染崖巅。

清欢，
曾揽手，春波脉脉，星月河边。
恍若高唐梦，情事阑珊。
独对流年冉冉，自嗟叹、再度人间。
白头老，浮槎不至，无处挂云帆。

踏莎行 · 丽江记游

细草生烟，飞红坠晚。
一帘春梦醒，秋千院。
石街古巷，芳菲绕遍。
流水小渡，夕阳熔馆。

木殿虚檐，玉龙落远。
笑琼山对我，两难厌。
桃梨簌簌，轻尘菡萏。
至今暗记，离歌别宴。

浪淘沙·初秋游费县悬山寺

悬寺半临风，
三掩黄荆。
寒炉寥落影摇钟。
秋草潇潇僧不至，黄叶重重。

古树枕云空，
万籁一声。
看山无语映衣青。
快意江湖年少事，浩叹浮生。

青门引·十月渐晚游京城白云观

入世人无定，
十月露浓风重。
白云观里道气澄，玄关虚掩，自是动中静。

经年夜雨吹萍梗，
换取听云磬。
世间几度情故，晚烟目断三清影。

苏幕遮·秋游兰陵普渡寺寻僧不遇

远苍烟，循旧步。

池草依稀，蝉隐秋将驻。

禅寺空空僧不宿。

云上斜阳，难挽风光暮。

塔遗基，佛坠土。

枯树浮屑，黄叶飞廊户。

梦里浮生惊醒处。

山外人间，咫尺天涯路。

满江红·雪中泰山观日出

万里霜天，缈飞雪、朔风如诉。
野林号、层云浮壑，泰山如怒。
冻幕偷遮峰百座，刚风暗换花千树。
古阶行、目眩惘东西，苍茫路。

观日处，
峰如故。
书未有，空留步。
海东出，殿瓦晓光霞缕。

静待金乌人欲醉，闲观烂锦龙将舞。

再复来、颜老梦犹在，还识否？

江城子·秋雨过孔林

孔林烟雨少人逢，

鼓筝声，

有无中。

持杖茫然，疑是鲁国翁。

槐树参差遮旧草，鸣叶走，累深庭。

萧条生死起一经，

负笈行，

道难成。

魂梦云间，圣者有谁听。

回首秋风陵阙老，青门远，断飞鸿。

临江仙·清光铺地花间满

清光铺地花间满，笙歌更遇秋声。
卷帘香影过中庭，
似曾春梦了无踪。

我欲高歌君欲醉，世徒难解情浓。
蓝桥无处觅云英，
酒酣终曲伴西风。

永遇乐·丁酉年秋登梁山怀古

远照秋云，昏鸦接翅，独登脊路。
荒陌凄凄，重城融日，望断斜阳树。
暮光寥落，梁山欲晚，羁客冷烟何宿。
黯伤魂、冯唐渐老，几回太息造物。

古今暗换，桑田弱水，堪叹绿林如虎。
笑傲江湖，恩仇快意，夜雨歌野渡。
王侯粪土，醉听鼓角，不欲醒、风摇橹。
数豪英、心飞草莽，月明处处。

兰陵王·忆兰陵

梦萦处。

魂醉青山如簇。

泇河碧，烟锁重楼，叠塔云遮鸟难渡。

风光绕野户。

欲上鲁南高崮。

雁鸣过，点点芦花，不憾乡关短留步。

同去。

想朝暮。

恋恋酒兰陵，春月曾度。

古堤杨柳观秋橹。

万里雪白衣，晚归凝伫。

流年不为我长驻。

窗外叶如诉。

回顾。

事成否？

世情冷似铁，落日沉树。

浮生更遇飘零雨。

正途常坎坷，心老归路。

功名皆幻，事了后，夜色去。

风入松·二十三年重过荀子墓

季春疏树过低墙。

青草漫阶廊。

纵情快意东风暖，垄上行、丝雨无妨。

荀墓满丘皆碧，少年难记神伤。

浮名虚利老时光。

重去正秋凉。

畴昔前事石中火，叹平生、如梦一场。

凝伫当年新绿，转身河水昏黄。

行香子·再过咸阳

再过咸阳，
正遇秋凉。
暂清游、风物苍茫。
万川染色，秦野玄黄。
看苍烟升，雉堞老，阙庭荒。

两度刘郎，
旧路徜徉。
驾轻车、无尽思量。

对天吟月，散发轻狂。

忘胸中忧，饮中苦，梦中伤。

瑞鹤仙·登黄鹤楼

风高江岸阔。

任闲情，无由独上黄鹤。

青衿四十客。

缈飞鸥，迢递旅舟流落。

烟村几座。

远秋云、花似寂寞。

怕登高向晚，逢朋遇旧，不知何错。

萧索。

平生无定，菡萏无根，悟佛无果。

天君误我。

楼千尺，万帆过。

橹声遥，必定仙家呼召，人间如是少乐。

待蓬莱水紧，骑鲸碧霄漠漠。

唐多令·石岸渡汀州

石岸渡汀州。

芦丛栖浦鸥。

过烟村、放棹荡长沟。

年少不察风物好，纵情处、任轻舟。

今此再重游，

无因一色秋。

怕登高、更垒闲愁。

犹是落英留不住，欲呼伴、却休休。

千秋岁·杜先生

春光似度，
翻覆相识故。
劳损骨，
饥伤腹。
衣寒忧少火，冬雪积云暮。
奔走苦，
彼时求索乏人助。

君似长江橹，
终日无息处。

天旱雨，

穷乏粟。

思如船渡者，刻刻听帆鼓。

风更舞，

师之所在心安路。

水调歌头·夜宿舟山

连日做蝼蚁，换取望云闲。
久知神洞仙府，挥袂向舟山。
海阔青空涤虑，
浩荡刚风忘物，
川渚渺飞烟。
半落暮天外，斜日杳无边。

涌潮起，摇月影，落寒滩。
转身是岸，船覆帆断不能参。
闻草遥寻人语，

破浪乘鲸而去，

散发过函关。

坎坷为常道，如此更心安。

江城子·登烟台东炮台

涛平山上寂无声，

远重城，

忘兵锋。

千里平芜，胡马恋秋风。

苍狗浮云伤史事，天自弃，背寒盟。

遥观海处跃长鲸，

看其情，

阅其行。

钓者息心，唯惧起纷争。

铸剑为犁归野里，冯唐老，不值封。

烛影摇红·浦东夜宴

黄浦江边，夜光溶月灯花满。
重城飞影亚天高，恍若蓬莱宴。

大醉莫讥酒乱，
世间事、难成过半。
曲留余意，客留余欢，生留余憾。

蓦山溪·根特之春

担笈游历，客地东君渡。

陌上染花红，摇树影、樱香满路。

人闲巷静，看异域春光，浓似醉，过芳菲，
　　点点销魂处。

塔尖门古，临水观云舞。

算几度神迷，伤柳径、一年落絮。

乡思渺渺，遥望万重山，风细细，雨斜斜，
　　春返能归否？

雨霖铃·金陵旧日卧听秋雨

黄昏细雨，

缈炊烟、客里慵出户。

千山雾遮漠漠，长空湛湛，仙家云路。

雁过秋声萧瑟，远舟西风渡。

稚子回、声动松扉，院落依依响人语。

久行未晓家何处，

卧竹床、客旅苍山误。

同行睡深似醉，几叹羡、各留归处。

水自漂流，花自飞红，任凭天数。

问道者、生死无忧，不惧凡尘暮。

凤箫吟·秋水

缈轻烟，柴扉临水，波连五里森森。
渡口沉远照，帆垂生寂，几近黄昏。
隔河升野火，越林梢，暮光氤氲。
陌上催归声，几回梦断伤神。

失魂。
长沟沿岸，箫声处，数点青坟。
荒凉谁与语，叶落窗更冷，静卧遗村。
渔夫斜棹晚，任扁舟，犹若无人。
夜色掩，茫茫浩浩，再望千寻。

风入松·雪天冰地自为厨

雪天冰地自为厨。

七月断时蔬。

取柴不惧山高处，倚杖行、迷惘茅庐。

担水井深千尺，辘轳边冷紧扶。

迎风十里视通途。

携米壮如犊。

牛油多买唯因贱，梦江河、终日无鱼。

和面操刀轮换，赌休当做欢娱。

玉京秋·过西岭秋林

无绪过。

昔来绿如水，此番摇落。

陌上霜痕，废宅鄙院，都成萧瑟。

村隐秋林渐晚，两残茅、屋顶飘曳。

斜阳阔，

几家呼子，几家烟火。

看似西山陪客。

叹青衫、江南落魄。

老去丹枫，苍黄溪草，云寒风漠。

几度纠结，对壁镜、潘鬓流离失所。

且心诺，

陶令东邻有我。

卜算子·埃及行

畴昔行壮游，敢向尼罗畔。
漠漠玄黄万里空，旷垒天低暗。

法老唯余叹，
陵阙风沙乱。
金字磐石百丈高、留不住、皆成幻。

阮郎归·遗宅寥落少人行

遗宅寥落少人行，
鸟飞西岭东。
雪疏山后间青铜，
冻云千万重。

叶落早，道难成。
冷敲无野僧。
却说尘世苦相逢，
转身烟水中。

凤凰台上忆吹箫·寥落江山

万里江山，北天渐晚，数声雁过留霜。
草色难堪近看，一地苍黄。
斜照遥遥将落，青霭处、几点枯杨。
远烟渡，旅途客子，情断神伤。

登云朔风蔽目，溯水旧帆阻，大雪封庄。
想数度、离别抱恨，寸断柔肠。
满眼荒凉寂寞，长沟动、撼动船舫。
听鸣叶、暮来冻雨孤窗。

小重山·故地独游失履踪

故地独游失履踪。

梦伊伊少语、有无中。

平芜荫里对秋风。

箫声咽、惊醒正三更。

斜雨落孤蓬。

客居传旧事、与谁听。

卿朝鲁北我朝东。

人难见、恨不欲重生。

风入松·十年别梦话沧桑

十年别梦话沧桑。

风雨两茫茫。

暮光客栈凝炊火，雁叫凄、飞过昏黄。

积雪满山门掩，叶鸣空寺彷徨。

前尘如幻冷残阳。

无限苦思量。

高台独上寒侵骨，怕相思、心事枯杨。

观尽千帆非是，忘言孤立冬凉。

定风波·清曲离歌冷野蝉

清曲离歌冷野蝉。
季秋沉郁意阑珊。
万苇没云萧索岸，
凌乱，
半遮雨雾过江天。

萧咽断吹山欲暗。
难返。
疏林风透布衣寒。
唯有斜阳光照晚。

忧盼，

命浮沉、心事付流年。

浣溪沙 · 农居

一垒山云遮短树，两畦青豆傍园瓜。
雨歇闲话纺桑麻。

屐齿田前痕迹绿，半枝墙杏暗独发。
妪翁孙伴数梨花。

小重山·塞上孤鸿楚地飞

塞上孤鸿楚地飞。

唳声失阵几番回。

孤帆南去我思北。

炊烟起、慈母待门扉。

物是已人非。

欲乘魂梦去、跨乌骓。

故园夜雨落墙梅。

旧地老、客子黯难归。

风入松·立秋薄雨叶纷纷

立秋薄雨叶纷纷。

院掩黄昏。

雁鸣野树深一路，犬声山外青岑。

家在云深三里，鸡鸣桑地阴阴。

淡烟凝翠染遗村。

几度销魂。

暮光暗霭遮茅顶，卧长石、难见轻尘。

多少已为徙者，潇潇暂寄丛林。

浣溪沙·秋晚丹枫吹欲老

秋晚丹枫吹欲老，野林长草过石桥。
旧宅茅舍任风高。

日落人稀寥古道，卧听斜雨世情消。
院闲灯暖醉棋敲。

汉宫春·圆明园怀古

九月秋高，暝光笼瓦梢，斜照西风。
残墙似成哭址，不见青骢。
楼台断壁，看几番、愁绪临城。
悲作古、风流雨打去，江山千里成空。

阁殿五云飞绕，弄影头凤池，一觉枯荣。
华胥幻梦酒醒，冠冕悲声。
凄凄败草，话沧桑、老树枯藤。
皆寂寞、昭阳作古，黯然杳杳孤鸿。

浪淘沙·灵峰寺

小扣寺门空，落叶重重。
苔痕尽处是萍踪，
木影稀疏动更冷，吹老丹枫。

幻象有无中，却向山僧。
三十一觉夜孤灯。
万般荣光随野水，白马西风。

定风波·过郎公寺

曲寡难知入寺山，
若留去处自心安。
寂寂秋声云水涧，
唯叹，
杳茫禅乐两重天。

犬吠青丘溪道远。
不见，
林僧几度隐神仙。
日暮孤鸿空草木，大梦惊觉，四顾立茫然。

法曲献仙音·夏日晚至微山普渡寺

天水交接，木舟横跨，廿载度缘非晚。
日落淡金，暗云生寂，鸡栖树巅呼伴。
总伤怨、流光老，何时卧林畔。

盼归岸，
几徘徊、影孤形瘦，思虑返青山，掩门息怨。
独立面风鸣，寻道者、心生苍藓。
年去身衰，故人旧交多语浅。
梵音遥闻缈，恋恋蓬山非远。

凤凰台上忆吹箫·春路行

杨絮村前，野山南麓，暖风溪水轻流。
草树无人语，倚杖荆青丘。
笛短繁花落满，招侧目、珠帘高楼。
茅屋老，檐前燕舞，尽是闲愁。

情纠，
鬓苍梦在，都做旧烟云，爱恨全收。
恋杏红梨雪，春路堪游。
荞麦青青十里，池清浅、犁剑同休。
乡林卧，高歌发披，不羡王侯。

浪淘沙·日落雨纷纷

日落雨纷纷，
遍掩黄昏。
荆扉绿树两相邻。
总是苔花暗怨处，麻屦新痕。

更是梦中身，
浅笑轻颦。
几曾秋冷不为春。
但得情仇皆去也，松杖幅巾。

小重山·清明

杜草茵茵罩柳烟。

市声山野外、两重天。

扁舟短褛耐春寒。

东风渐，临水处、杳无边。

岸阔缈云间。

清明邻里酒、笑中干。

且携童子放竹鸢。

人情了，披发去、过函关。

渡江云 · 扬州夜雨

广陵行路晚，潇潇暮雨，淡淡洒江天。
水高波涛阔，石垒遥遥，浩浩涨平川。
长堤零落，望秋潮、万里风烟。
津渚昏、柳柔杨弱，鸥鹭没云间。

多艰。
孤舟浊酒，客子渔翁，暗对夜无眠。
叹歌台、谁抚纤手，心事幺弦。
尤怜半月长桥冷，一宿梦、独睡星寒。
应忘却，回眸尽是凄然。

渔家傲·登蒙山小雪初晴

冬日初晴空僻路，
万木融银，倚杖闲出户。
雪壑烟岚留少伫，
岩高处，
樵歌渺渺人家住。

杳窱云窟仙外府，
寻道千山，此地绝于鲁。
欲向青天击玉鼓，

风将舞,

浮槎寄我蓬莱去。

唐多令·师恩

春日润尘埃。

白云千载来。

算如君、泰岳与苍槐。

一似困途逢古道，曲长久、慰人怀。

身瘦影徘徊。

桃梨因雨开。

看窗灯、夜夜书斋。

天外雾萦云幢处，济沧海、去蓬莱。

满江红·己亥年闻评博导黑幕

一滞经年，风波起、雨愁云恶。
坦荡荡、却遭讥谤，小人之错。
燕口夺泥失磊落，
笔头刮铁缺思过。
曝伪师、学府哕高声，同侪默。

买船去，闲如我。
君子淡，村南卧。
看山山有意，净心江阔。
邪气妖凶都忘却，

驾长鲸碧天茫漠。

再隐林、醉里挽竹溪，激飞沫。

唐多令·长安怀古

白马啸西风。

潇潇秋故城。

过青山、目断漠云横。

霜树倚楼临水冷，鬓星客，对枯藤。

闻鼓旧营中。

将军曾引弓。

屡悲歌、击筑金声。

只是终南人不遇，月千尺，照衣红。

梅花引·梦中见人

魂梦路，

歧几处。

卿离十年曾记否？

颜依稀，

神依依，

欲做相呼，香冷手难执。

东墙过客西墙笑，

裴生折杵蓝桥道。

灯昏黄，

月昏黄，

唯怕夜醒，无人话苍凉。

玉京秋·秋日暮登岱岳

无事过。

闲情任南北，暮登东岳。

水咽天寒，郁烟敝目，丹枫糜弱。

一望荒芜败草。野村闲，灯火明灭。

悲秋客，

卅年如故，逆风吹叶。

此地生亡鹃握。

叹匆匆、柯云弈落。

黍梦时光，朱颜将老，何妨林壑。

舞榭高台，酒醒处、长是平添萧索。

鬓星也，

重至难知默默。

谢池春 · 采茶

风暖采茶，樵客二里声早。
想彼时、青丝尚少。
层崖春路，柳杨浮山坳。
羡芳菲，野篱争俏。

白驹过隙，剑胆琴心皆了。
叹平生、营营扰扰。
当年香在，物曾人遗老。
梦魂去、绿烟茫杳。

满江红·咏竹

僻野而居，人不至、更觉迢递。
霰雪随他去，自发凌厉。
风过新梢鸣并舞，连山二里皆清碧。
性傲孤、空野外谁知，凭天意。

休喟叹，予何异。
七步赋，悲才气。
巷深车声少，世遗独立。
秋雨潇湘吹逆旅，卧云零落羁行役。
待日晴、还念子高节，终难弃。

洞仙歌·登玉龙雪山

银光如故，
百里观龙舞。
平地飞空立瑶柱。
雪域升万丈、留九折愁，高千仞，唯有女娲
　　修府。

刚风浑处处，
几度思量，倘若天公造云路。
恍入广寒宫、烟纱遮桂，尘世外、裴生谁度。
看层崖、更晓道逶迤，待滞念皆消、觅真人句。

水龙吟·过虎跳峡

路终天水集狭地，三里已闻惊岸。

杜鹃似血，青山拟铁，层崖欲染。

烟树云村，野篱荒草，夏畦时现。

问峰峰不语，凭声认道，江阴至，之如辨。

涌尽海江齐乱。

响新雷、石峡凛颤。

龙腥雪舞，六鳌翻驾，高空断雁。

卷浪长川蔽，斯神秀、此行无憾。

想乘风化去，人间无趣，世如浮栈。

踏莎行·长宁杨花

漫地传春，随风展转。
梨花薄雨里，知深浅。
临波弄首，扬眉顾盼。
舞似雪影，东皇生厌。

谢女难描，遇人款款。
落荒委旧土，两相怨。
清高自命，轻薄絮乱。
后期可料，野村孤岸。

天香·蒙顶观雪

老去丹枫，蒹葭掩雪，蒙山西向深浅。
一望丘垤，迷茫村落，表里俱白庭院。
炎埃尽灭，斜照下、枯杨孤馆。
落叶萧萧风过，炊烟几缕凌乱。

当年旧游难挽。
念清秋、踏歌林畔。
梦也无痕，醒处怅然寻遍。
松阵空留喟叹。

冻云木、春来青再返。

夜夜莲宫，朝朝不见。

梅花引·雪夜观梅

石中火，
眉间雪。
梅影歌罢涕欲落。
世俗纠，
误归舟。
恋恋烟尘，香在身不留。

卢生梦醒邯郸道，
茂陵铜仙因情老。
生蓬山，

死蓬山，

百年如寄，何人度函关。

东风第一枝·春山行

杨雪粘泥，桥边白户。

春山淡淡草簇。

更幽伐木丁丁，断雨絮云处处。

溪明碧树。

兴杳杳、浑然忘物。

最好去、行尽繁花，不惧有无游侣。

曾踏歌、笛响柳舞。

曾涉涧、水柔温骨。

梦中身影忽忽，隙里电驹速速。

逆风虚度。

斗转是、老来龟步。

寄语野村熟人家，我去勿要识误。

青玉案·沈愁望尽芳菲路

沈愁望尽芳菲路。
锦瑟哑、谁同度。
坠粉落红天复暮。
纷纷烟霭，满川风絮，
疏柳摇朱户。

年年自是春光绿。
燕非旧、人来去。
辜负当初华表语。

梨花深院，雨阶如注，

都做断肠句。

浣溪沙·重阳

吹帽重阳过涧溪。
短歌怀友隐听笛。
翠微如故路曾识。

凉叶暮云风簌簌，凄然衔涕浸牛衣。
旧游稀，时永逝，水难西。

行香子·金陵怀古

故国清秋，
送目汀洲。
旧山形、独枕寒流。
败林落木，风紧吹鸥。
看长江白，漠云冷，孝陵幽。

六帝青丘，
将相谁留。
黯铜仙、王气皆收。

戍楼人尽，过客余愁。

叹风中灯，隙中马，浪中舟。

踏莎行·游郴州高椅岭村和秦少游郴州旅社

草白连天，叶黄笼雾。

西风渐紧凉秋渡。

树深村远响鸡鸣，可堪枝落声如诉。

客老羁程，生如断絮。

雁歌过罢悲无数。

郴江照旧绕郴山，几曾留下昔人驻。

梅花引·登苏仙岭和蒋捷荆溪阻雪

浮云野鹤何方游，

是闲愁，

是真愁？

闲若如斯，何故长白头？

郴州不知身为客，过苏岭，影独行，掩隐忧。

少游少游能遇否？

迁壑舟，鹿洞幽。

觅也觅也，觅不到，苏子难留。

冉冉苍烟，凝冷景星楼。

都道西风催暮去，斜照晚，有何人？老似秋。

行香子·秋冬之交再登长城

客履侵霜，漠漠秋光。

远长城、一片苍茫。

目极涕落，天地玄黄。

看暝云垂，水声咽，暮烟凉。

再上边墙，梦里春妆。

少年时、心事白杨。

早梅如豆，几度张狂。

叹笛歌稀，笑音缈，不留香。

南乡子·丙申年夏小恙登庐山

走雾渡高冈，

松壑清风百里长。

云锦垒成南斗侧，微凉，

直欲飞仙穆帝觞。

无语尽苍茫，

远瀑前川日照光。

遁迹远公何处去，天乡，

不到衰微可纵狂。

浪淘沙·卧云幻蝶

持杖雪间行，
披发西风。
人间幻象有无中。
流景落花终是客，万念皆空。

庄子梦蝶生，
难辨身形。
蓬莱弱水细流东。
青史几多兴废事，数座荒茔。

醉花阴·己亥年秋冬之交
兰陵山中逢歧路作

寒水丛山多草树，

冷落逢歧路。

秋晚立蓬蒿，望尽天涯，梦断情何处。

浮生长恨飘萍渡，

更有悲戚赋。

叶落黯黄云，残照昏鸦，人老逢日暮。

青玉案·无金也要西湖渡

无金也要西湖渡。

草色烟光一路，

重城叠阁知几处。

幽葩细萼，翠娇红怯，卷絮风中舞。

无聊最是廉纤雨。

门掩梨花正独住。

多少蓬莱前事去。

襄王春梦，尽予流水，酒醒谁托付。

小重山·客返荆薪故岭高

客返荆薪故岭高。

问山山不语、掩蓬蒿。

依稀旧梦越林梢。

南村至，姑母在、欲归巢。

旧地老芭蕉。

门遮桃子落、雨斜敲。

二十三载似一朝。

浮云去，白马过、泪涛涛。

图书在版编目（CIP）数据

卧云先生浮生古词记 / 宋远升著· —上海：上海三联书店，2020.8

ISBN 978-7-5426-7094-6

Ⅰ·①卧… Ⅱ·①宋… Ⅲ·①词（文学）－作品集－中国－当代 Ⅳ·①I227.8

中国版本图书馆CIP数据核字（2020）第114027号

卧云先生浮生古词记

著　　者 / 宋远升

责任编辑 / 郑秀艳

封面设计 / 一本好书

内页设计 / 徐　徐

监　　制 / 姚　军

责任校对 / 张大伟　王凌霄

出版发行 / 上海三联书店

　　　　　（200030）中国上海市漕溪北路331号A座6楼

邮购电话 / 021-22895540

印　　刷 / 上海展强印刷有限公司

版　　次 / 2020年8月第1版

印　　次 / 2020年8月第1次印刷

开　　本 / 787×1092　1/32

字　　数 / 33 千字

印　　张 / 6.375

书　　号 / ISBN 978-7-5426-7094-6 / I·1642

定　　价 / 42.00元